Playboy café

Sweet X Bitter = Love

Playboy café

Sweet X Bitter = Love

♥little♥devil♥cafe♥

Vol. 3

PERSONNAGES

RÉSUMÉ

Alors qu'elle tentait de sauver un chat, Sakura se retrouve elle-même secourue par un graçon plus que canon, et tombe directement amoureuse.
Après l'avoir suivi, elle arrive à un café plus que louche avec une clientèle exclusivement féminine. Après avoir fait l'impossible pour travailler dedans, elle réussit a faire craquer Chika, un peu obligé également à cause de l'apparition d'un rival, Naoki.
Sakura passe alors des jours très heureux, mais Naoki l'embrasse lors de la soirée du nouvel an.
Pour ne pas que Chika le sache, elle se décide à accepter les conditions de Naoki...

Playboy café

Sweet X Bitter = Love

11th CUP ÉPURATION

[11] Remets-toi, Naoki !

Cette fois, Naoki est vraiment au fond du gouffre ! En général, mes personnages sont soit des idiots notables, soit des malheureux qui passent leur temps à se faire du souci, et là c'est le cas de Naoki. Je ne souhaite cela à personne, malgré tout.

Par contre, j'adore dessiner les scènes à trois, avec le master ! Moi je me suis bien amusée, mais Naoki est l'homme le plus malheureux du monde.

JE NE TE LAISSERAI PAS À LUI.
MÊME SI TU ME DÉTESTES, C'EST HORS DE QUESTION.
NAOKI...
TU ES...
AMOUREUX DE MOI, NON ?
BOUM
ALORS...
SI C'EST LE CAS...
ULLAM
SAKURA !

CONTENTE-TOI DE...
MA PRÉSEN...
WOUAAAH !!
CHIKA !!
QU... QU'EST-CE QUE TU... ?
C'EST LE BUREAU, NON ?
ET TOI ? QU'EST-CE QUE TU FAIS !?
HA, HEU...
RIEN, JE...
C'EST NAOKI QUI LUI A DEMANDÉ...
TAP

MASTER...
IL LUI A DEMANDÉ DE SE CHANGER EN DIABLESSE ...
ENFIN C'EST COMPLÈTEMENT LOUPÉ, MAIS BON...
HEIN !?
ON DIRAIT PLUTÔT UNE PRINCESSE
GLOUP !!
NAOKI, TU AS VRAIMENT...
!
BAH, OUBLIONS TOUT CELA !
SAKURA EST TROP BÊTE POUR FAIRE CELA !
PAS LA PEINE D'EN FAIRE UNE HISTOIRE !
DÉJÀ DU PASSÉ !!
IL N'Y A VRAIMENT RIEN EU ?
OUI...
HA...

ON S'EST EMBRASSÉS !
À CETTE SOIRÉE DU NOUVEL AN...
ALORS JE LUI AI DEMANDÉ ÇA EN ÉCHANGE DE MON SILENCE.
ELLE N'EST PLUS UNIQUEMENT À TOI.
ÇA FAIT MAL, HEIN ?

C'EST VRAI ?
BRRR BRR
P...
PARDON, CHIKA...
ELLE N'A RIEN DIT POUR NE PAS TE BLESSER...
LA PAUVRE...
...
NAO... KI...
GHH...

CHI...
ガッ!!
BAAAM
ガタ
BOM
POURQUOI...
EST-CE QUE TU ES TOUJOURS COMME ÇA !?

NE FAIS PLUS DE MAL À SAKURA !!
VIENS, SAKURA.
HA, CHIKA...

CHIKA !
ATTENDS !
JE... PARDON...
TU ES FÂCHÉ... ?
GHH
ÉVIDEMMENT !!
TU ME L'AS CACHÉ...
ET M'AS MENTI !
JE NE FAIS PAS CELA...
PAR PLAISIR... !

PARDON ...
JE NE VOULAIS PAS QUE TU ME...
JUSTEMENT !!
TU CROIS VRAIMENT...
QUE JE VAIS TE QUITTER POUR ÇA !?

JE T'AIME PLUS QUE...
TU NE LE PENSES...
CROIS PLUS EN MOI...
CHIKA...
CHIKA ...
WOUAAAH
CHIKAAA !
NE PLEURE PAS !!
C'EST QUE...
HIII
C'EST QUE...
HIII
TOUTE LA PRES-SION...
VIENT DE S'EN-VOLER.

JE SUIS TELLEMENT HEUREUSE...
ET RASSU-RÉE...
QU'IL M'AIT CRUE...
ET M'AIME ENCORE !
NE T'EN FAIS PAS.
JE COMPRENDS BIEN CE QUE TU RESSENS.
JE NE CESSERAI PAS DE T'AIMER !
CHIKA...

IL EST MON ANGE.
CELUI QUI M'ENTOURE...
ET ME REND HEUREUSE.
MERCI AU CIEL DE ME L'AVOIR DONNÉ !

MAIS...
LUI, JE NE LE PARDONNERAI PAS !!
UN JOUR JE LE TUERAI !!
UN ANGE !?
HA... HEU...
ALORS FAIS QUELQUE CHOSE DE PIRE !!
SAKURA...
CE GENRE DE CHOSE NE SE DIT PAS AUSSI...
POURQUOI !?
JE ME SUIS TROMPÉE !?
FU FU
BAH... C'EST TOUT TOI...
MAIS CE CÔTÉ INNOCENT EST MIGNON !
UN INSTANT...

SON PASSÉ M'A INQUIÉ-TÉE...
IL A DÉJÀ AIMÉ QUELQU'UN D'AUTRE ?
MAIS NE DIS LA MÊME CHOSE À PERSONNE D'AUTRE !
BIEN SÛR QUE NON !!
BON, ALORS C'EST D'AC-CORD.
QUELQUE CHOSE DE PIRE, HEIN ?
BAH...
AU DIABLE LE PASSÉ.
MAIN-TENANT, CHIKA...
PENSE TELLE-MENT À MOI...
HA...
HA...
HA...
CHIKA...

CHIKA...
JE T'AIME.
MOI AUSSI...
JE T'AIME, SAKURA.
RIEN QUE POUR CELA...
JE SUIS PRESQUE TROP HEUREUSE.
office

NAOKI, METS DE LA GLACE SUR...
LAISSEZ-MOI TRANQUILLE...
MOI QUI COMPTAIS LES EMBROUILLER ...
J'AI JUSTE RÉUSSI À ME PRENDRE UN COUP DE POING.
SI TU AS COMPRIS, ARRÊTE DE...
ÇA VA !!
BAH
SI JE POUVAIS OUBLIER, JE N'AURAIS JAMAIS FAIT CELA !
QUAND JE SUIS VRAIMENT TOMBÉ AMOUREUX...
ELLE ÉTAIT DÉJÀ À CHIKA.
MOI AUSSI...
JE SOUHAITAIS SON BONHEUR.
MAIS...
MÊME SI PROCHE, JE NE SUIS PAS DANS SON CŒUR.

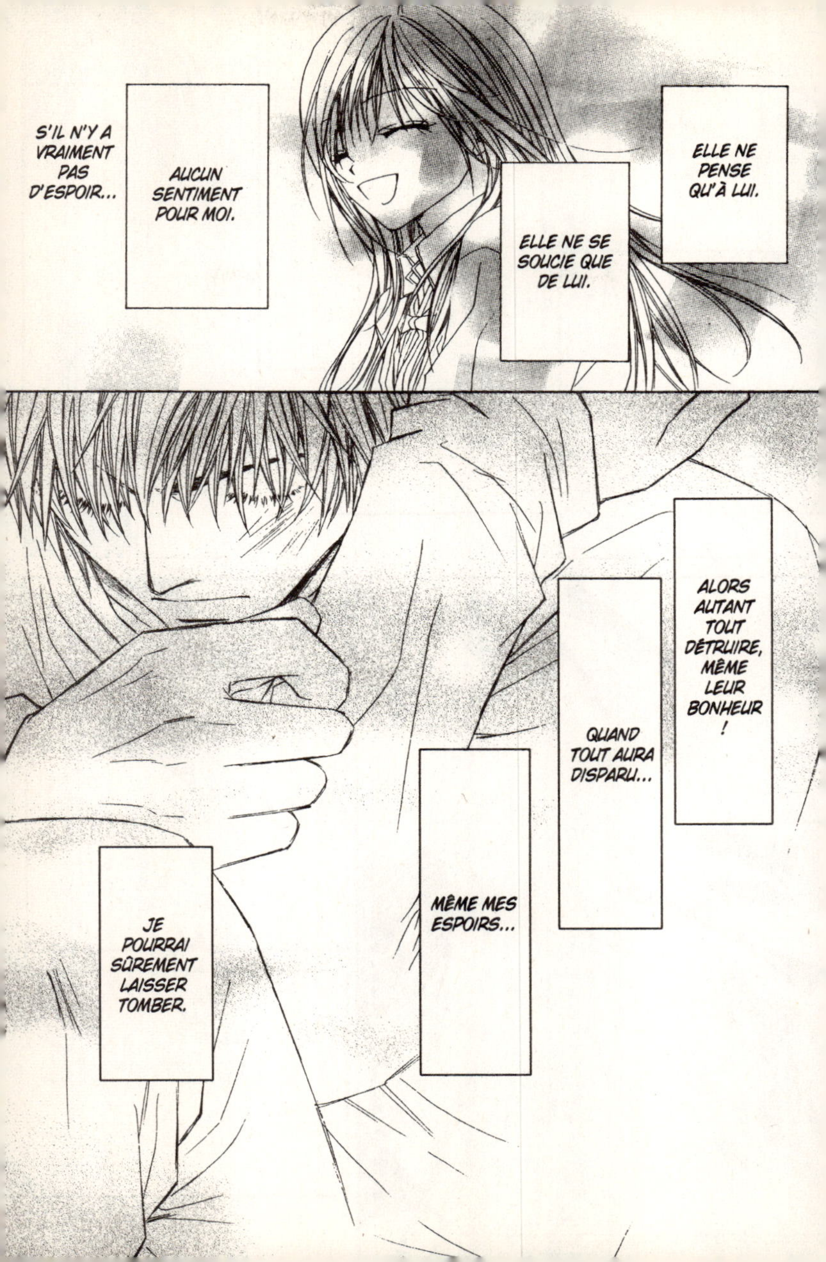
ELLE NE PENSE QU'À LUI.
ELLE NE SE SOUCIE QUE DE LUI.
AUCUN SENTIMENT POUR MOI.
S'IL N'Y A VRAIMENT PAS D'ESPOIR...
ALORS AUTANT TOUT DÉTRUIRE, MÊME LEUR BONHEUR !
QUAND TOUT AURA DISPARU...
MÊME MES ESPOIRS...
JE POURRAI SÛREMENT LAISSER TOMBER.

NAOKI...
VIENS UNE SECONDE.
HEIN ?
VIENS !
TOC
QU'EST-CE QUE...
ON DIT QUE...
LE SAKÉ A DES VERTUS PURIFICATRICES...
VOUS VOULEZ QUE JE ME SOÛLE POUR OUBLIER... ?
PAS VRAIMENT...
ÇA S'UTILISE COMME ÇA !
FLASH

★ ★ ★

Bonjour !
C'est Oda Aya !

voici le troisième volume !
Cela fait la deuxième fois que Naoki se retrouve en couverture, c'est étrange comme il est d'une fraîcheur particulière quand il est en couleur. On ne peut pourtant pas dire que ce soit le calme réincarné ?
L'arrière de la couverture est occupé par le master et le pâtissier. C'est la première fois que je les mets en couleur... même la première fois qu'ils servent d'illustration !
Cette fois, il n'y a vraiment que des garçons !

ILS FONT PEUR...

Pour ce volume, il y a quatre chapitres, plus trois petites histoires. On peut dire que c'est copieux, mais je me suis bien amusée !

Sur ce,
bonne lecture
de ce troisième
volume !

FAIS COMME ELLE...
ET SOIS PLUS GÉNÉREUX.
CE QUE J'AIME CHEZ ELLE...
C'EST SA FRANCHISE...
ET SON HONNÊTETÉ.
SA DROITURE, SA CANDEUR...
LA FORCE AVEC LAQUELLE ELLE AIME QUELQU'UN.
TOUT CE QUI ME MANQUE...
HA...

HA HA
ON JOUE LES CONSEILLERS DU CŒUR ?
QUEL CRAN, DE LUI JETER DU SAKÉ ! ♥
HI HI
ENCORE LÀ !?
DÉPÊCHE-TOI DE RENTRER !!
ALLEZ, ALLEZ
OUBLIONS ÇA ET BUVONS UN COUP !
JUSQU'À DEMAIN MATIN !
C'EST POUR ÇA QUE TU TE FAIS TOUJOURS LARGUER, TOI
HEU... C'EST QUE...
ALLEZ, POUR UNE FOIS !
HEU... BAH...
JE SUIS MINEU...
ENTEND
HAAA !!
RIEN
WOUAH IRRES-PONSABLES
JE N'AI JAMAIS PENSÉ À...
SUIVRE L'EXEMPLE DE QUELQU'UN.
JUSTE UNE FOIS
FAIRE COMME LA PERSONNE QU'ON AIME...

CE N'EST PAS UN MAL NON PLUS...
DE VOULOIR CHANGER.
ALLEZ ON BOIT !
LE SAKÉ D'AZUMA !
WOUAAAH
PAS LE MIEN !!
PRENDS TON VIN ET TON WISKY !
TANT QUE ÇA !?
WOUAH !
むは～
ん
GHHHH
VOUS PUEZ L'ALCOOL !!
EN PLEINE FORME !
LA LA LA LAAA
GUEULE DE BOIS
HÉ ?
ET CHIKA ?
PAS SI FORT...
JE VAIS SUR LA TERRASSE...
PARTI ACHETER DES MÉDICAMENTS POUR LA TÊTE...
—...

BOM
PLUS JAMAIS DE SOIRÉE AVEC EUX...
TIENS, DE L'EAU.
TOC
SAKURA ...
NE CROIS PAS QUE JE T'AI PARDONNÉ !
JE SUIS ENCORE EN COLÈRE... MAIS COMME TU AS L'AIR MAL...
ET PUIS...
J'AI AUSSI DES TORTS...
SANS RÉSISTER...
EXCUSE, SAKURA...
JE N'ESPÈRE MÊME PAS QUE TU ME PARDONNES, MAIS...
MERCI.
APPRENDRE DE LA PERSONNE QU'ON AIME...

MÊME SI TU L'AIMES...
JE NE PEUX PAS ARRÊTER D'ÊTRE AMOUREUX DE TOI.
CELA FAIT LONG-TEMPS...
QU'ELLE NE M'AVAIT PAS REGARDÉ FRANCHEMENT.

ON SE COMPREND, EN DISANT LES CHOSES...
MÊME SI C'EST SANS ESPOIR.
NAO...
FU FU FU FU
HÉ... UNE CLIENTE ?
HA, EXCUSE-MOI...
C'EST TROP MIGNON !
FU FU
HEU... LE CAFÉ EST...
ALORS C'EST DONC VRAI QU'IL Y A UNE FILLE ICI ?
PAS COMME J'IMAGINAIS, MAIS BON.
HEIN !?
ALORS...
C'EST TO, LA COPINE DE CHIKA, MAINTENANT ?

BOUM
QUI EST-CE ?
JE... VOUS ÊTES ?
BOUM
SHHH
MOI ? JE SUIS...
FU FU
LA PREMIÈRE...
FILLE DE CHIKA.

12th CUP ON N'EFFACE PAS LE PASSÉ

12 L'arrivée de la prof !

voici donc celle qui arrive à la fin du chapitre 11. Je me suis fait un souci monstre en craignant qu'elle n'ait pas l'air assez féminine, parce qu'elle a le même visage que les travestis que j'ai dessinés jusqu'à maintenant ! Mais apparemment tout va bien.

Je voulais absolument que la première partenaire de Chika soit plus âgée, donc voici sa prof !

CELA FAIT UN BAIL, CHIKA !
...!
VOUS AVEZ L'AIR EN FORME.
PAS TRÈS COUVERTE...
ON EST EN JANVIER !
C'EST CLAIR, IL FAIT FROID !!
BRRR
MAIS AVEC UN MANTEAU, J'AI L'AIR GROSSE !
QU'EST-CE QUE VOUS FAITES ICI ?
HEU... SENSEI... ?
QUAND J'ÉTAIS AU COLLÈGE...
SATÔ SHÔKO SENSEI.
HA..
MAINTENANT, JE M'APPELLE YOKOUCHI.
J'ENSEIGNAIS L'ANGLAIS, MAIS...
J'AI ARRÊTÉ APRÈS MON MARIAGE.
SA PROF...
ALORS...

"LA PREMIÈRE FILLE DE CHIKA"...
JE LUI AI AUSSI ENSEIGNÉ CE QUE SONT LES FEMMES.
GHH
JE SUIS VENUE PRENDRE CE QUE J'AI OUBLIÉ.
QU...
POURQUOI ÊTES-VOUS VENUE !? PARTEZ !!
HOLÀ, CE N'EST PAS GENTIL !
JE N'AI RIEN, MOI !!
......
VRAIMENT ?

CE N'EST TOUJOURS PAS BON ?
TANT PIS, JE VIENDRAI JUSQU'À L'OBTENIR.
MAIS...
......
CHIKA...
SAKU-RA...
HA... QUELLE SURPRISE !
C'EST TA PROF ?
MAIS...
C'EST AUSSI...
IL Y A VRAIMENT EU CETTE RELATION ?
JE VOUDRAIS EN SAVOIR PLUS, MAIS...
J'AI PEUR D'ENTENDRE...
QUE...
VOUS ÊTES... SORTIS ENSEMBLE... ?

OUI...
M... MAIS... !
CROIS-MOI !
TU ES LA SEULE, POUR MOI !
JE N'AIME QUE TOI, MOI !

CHIKA...
BIEN SÛR...
QUE JE CROIS EN TOI !
HA...
SAKURA...
CHIKA PREND VRAIMENT SOIN DE MOI.
JE NE DOUTE PAS DE LUI.
JUSTE QUE...
CELA ME TRACAS-SE.
CHIKA EN A AIMÉ UNE AUTRE...
PLUS QUE MOI, AUTREFOIS...

BONJOUR
COMME PROMIS, JE SUIS REVENUE !
TU ABUSES, MOI AUSSI, JE SUIS UNE CLIENTE !
SENSEI, PARTEZ, S'IL VOUS PLAÎT...
COMME PROMIS !?
WOUAH...
IMPOSSI-BLE DE L'IGNO-RER...
HÉ !?
CE N'EST PAS LA PROF DE CHIKA ?
UN BAIL !
HARUKA, TOI AUSSI TU LA CONNAIS ?
BAH, ON CONNAÎT CHIKA DEPUIS SON COLLÈGE...
AU CAFÉ
ALORS...
SA RELATION AVEC...
ON N'EN SAIT RIEN !!
VOUS SAVIEZ
ALORS...
IL ÉTAIT COLLÉGIEN, ÇA FRÔLE LE CRIME...
MOI JE SUIS PAREIL, ALORS PAS QUESTION DE DÉNONCER !
VENDUS
TOI, UN JOUR JE TE BALANCERAI
SI JE TROUVE UN AUTRE PÂTISSIER...

TOUT CELA, C'EST DU PASSÉ...
ÇA NE SERT À RIEN DE T'INQUIÉTER.
FU FU
TU PRENDS SOIN DE SAKURA, HEIN !
TAP
FICHE-MOI LA PAIX !
C'EST VRAI...
JE FAIS PARTIE DU PASSÉ...
HA...
MAIS CHIKA ÉTAIT MIGNON, À CETTE ÉPOQUE.
DOCILE, PUR...
IL DISAIT SÉRIEUSEMENT QU'IL ME RENDRAIT HEUREUSE...
LES GARÇONS...
......
IL EST DOUÉ, HEIN !?
AU LIT...

JE LUI AI TOUT APPRIS.
FU FU
DÉSOLÉE DE LUI AVOIR PRIS SES BONS CÔTÉS !
FU FU
WHOO
BLAAAAM
ARRÊTEZ, UN PEU !!
FICHEZ LA PAIX À SAKURA !!

MOI, J'AIME SAKURA !
PLUS AUCUN RAPPORT AVEC VOUS !!
GHH
CHIKA...
DOM
PFU
C'EST VRAI...
PLUS AUCUN RAPPORT...
MAIS...
ON N'EFFACE PAS LE PASSÉ...
CHIKA.

FU FU
JE RENTRE...
À BIENTÔT !
......
EXCUSE, SAKURA.
PAS DE PROBLÈME !
JE T'ASSURE QUE JE CROIS EN TOI !
MERCI.
JE VAIS FAIRE UNE PAUSE.
CHIKA...
IL EST INQUIET...
MAIS IL EST UN PEU DIFFÉRENT...
POURQUOI EST-CE QU'IL DÉTESTE SON EX À CE POINT ?
CETTE FEMME...
ME REBUTE AUSSI, MAIS...

★★★

Double parution...

Quand ce chapitre a été publié, j'ai dû au passage dessiner en vitesse une autre histoire à faire paraître dans le même magazine...

Je suis à la bourre !!

Franchement j'ai paniqué... C'était juste après "Chocolat", et je n'avais plus d'idées... Alors j'ai écrit une histoire entre un prof et une élève, qui finalement n'est pas mal du tout !

Et par hasard, ce chapitre parle aussi d'une histoire élève-prof...

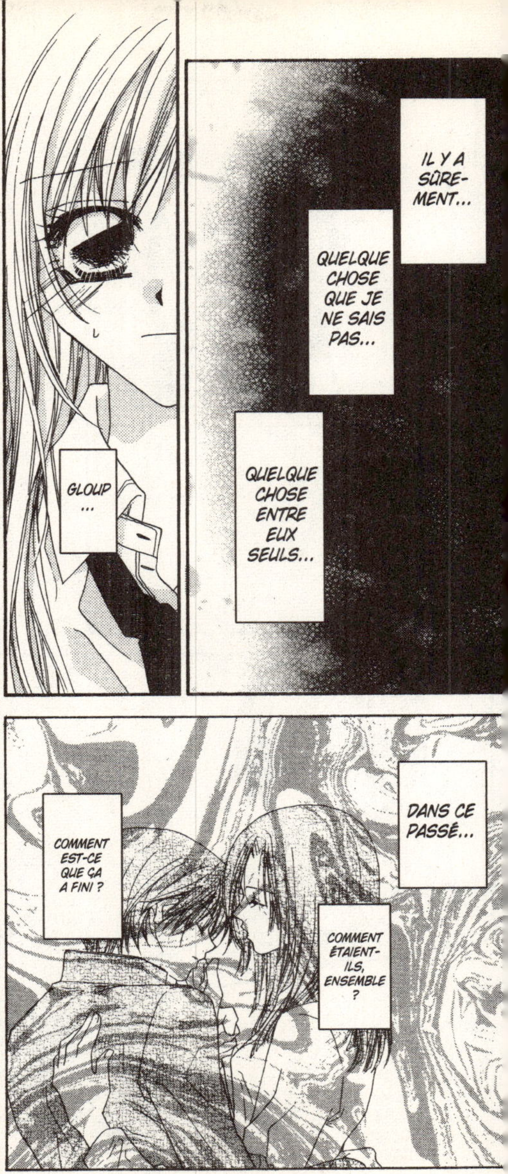

QU'EST-CE QU'IL Y A EU...
ENTRE ELLE ET CHIKA ?
JE COMPATIS POUR CETTE HISTOIRE, MAIS...
TON ATTITUDE N'EST PAS UN PEU BIZARRE !?
ÇA NE TE REGARDE PAS !
PLUS OU MOINS, SI...
VU QUE J'AIME SAKURA.
TU...
TU N'AS PAS ENCORE ABAND...
DU CALME, JE NE FORCERAI RIEN.

J'AI JUSTE DÉCIDÉ DE GARDER PRÉCIEUSEMENT...
MES SENTIMENTS POUR ELLE.
MAIS JE NE TE FERAI PAS DE CADEAU !
FAIS COMME TU VEUX !
!?
MAIS JE NE TE LA DONNERAI JAMAIS.

C'EST IMPOSSIBLE QUE TES SENTIMENTS POUR ELLE...
SOIENT PLUS FORTS QUE LES MIENS.
HUM
ÉCOUTE-MOI...
C'EST POUR SAKURA.
SI TU EN ES SI SÛR...
NE LUI CAUSE PLUS DE SOUCIS !
HA, AU FAIT...
J'AI UNE CHOSE...
À TE DEMANDER...
PAS
GÊNE
TU CROIS VRAIMENT QUE C'EST LE MOMENT !?
ÉVITE ÇA !!

SON EX, HEIN ?
C'EST ÉVIDENT QU'ELLE EST ENCORE AMOUREUSE DE LUI !!
AMIES MAI & RINKA
HUM...
TU CROIS !?
POURQUOI ELLE EST REVENUE, TU CROIS ?
HA, MAIS PEUT-ÊTRE QUE LUI AUSSI...
HEIN !?
SAKURA, IL VA TE LARGUER !
MA PAUVRE...
DITES, TOUTES LES DEUX !!
GHH
C'EST JUSTE QUE TU NE PEUX PAS GAGNER CONTRE LE CHARME D'UNE ADULTE !
HA HA
HA
JE...
BIEN SÛR QUE SI !!

VOUS NE COMPRENEZ RIEN AU CHARME DE SAKURA !
CHIKA... !?
COMMENT EST-CE QUE...
CHUT !
JE RISQUE D'ÊTRE REMARQUÉ !
C'EST L'UNI-FORME DE NAOKI.
HA, JE VOUS PRENDS SAKURA UNE SECONDE.
SURPRISE
HA OK
BONJOUR
SAKURA...
PROMENADE EN AMOUREUX DANS L'ÉCOLE ?

OUI !
WOUAH !!
JE SUIS SUPER CONTENTE !!
ON EST ENSEMBLE À L'ÉCOLE !
C'EST LA MÊME QUE D'HABITUDE...
MAIS C'EST DIFFÉRENT QUAND TU ES LÀ !
MOI AUSSI...
J'AURAIS BIEN AIMÉ QUE L'ON SOIT DANS LA MÊME ÉCOLE.

SI JE POUVAIS...
J'AURAIS VOULU TE RENCONTRER AU COLLÈGE.
SI JE T'AVAIS AIMÉ À CETTE ÉPOQUE...
JE NE T'AURAIS PAS BLESSÉE COMME CELA MAINTENANT.
JE T'EN AI PARLÉ, QUE JE N'ÉTAIS IMPORTANT POUR PERSONNE.
JE M'EN SUIS RENDU COMPTE AU COLLÈGE...
À CETTE ÉPOQUE, JE N'ARRIVAIS PAS À RELATIVISER.
LES AUTRES, ET MON GRAND-PÈRE AVAIENT TOUS D'AUTRES PRIORITÉS.
J'ÉTAIS SEUL, TRISTE ET VEXÉ.
À CE MOMENT...
SENSEI EST APPARUE.
CHIKA EST VENU...
POUR M'EN PARLER.
HA...
SENSEI ÉTAIT...

GENTILLE, ET ME CONSOLAIT.
ELLE M'A DIT QUE J'ÉTAIS LE PLUS IMPORTANT POUR ELLE.
MAIS FINALEMENT, ELLE S'EST MARIÉE AVEC SON PARTENAIRE D'AUTREFOIS.
ÉVIDEMMENT QU'ELLE N'ALLAIT PAS ÊTRE SÉRIEUSE AVEC UN COLLÉGIEN.
ELLE S'EST JUSTE AMUSÉE AVEC MOI...
MAIS MOI, JE CROYAIS EN ELLE.

FINALEMENT, JE SUIS...
RETOURNÉ À MA PLACE DE SECOND...
SAKURA ...
TU N'ES PAS OBLIGÉ DE M'EN PARLER...
PAS OBLIGÉ DE TE SOUVENIR...
JUS-QU'OÙ ...
EST-IL BLESSÉ !?
MOI...
JE SUIS LÀ !
MOI...
CHIKA A JUSTE...

CHIKA EST CELUI QUE J'AIME LE PLUS !!
VOULU L'AMOUR DE CELLE QU'IL AIMAIT.
MERCI...
MOI AUSSI, JE T'AIME.
JE SUIS DÉSOLÉ DE T'INQUIÉTER ...
À CAUSE DE CETTE HISTOIRE DU PASSÉ.
JE VOUDRAIS TELLEMENT EFFACER CELA.
TOUT CELA...
JE VOUDRAIS...
TE PROTÉGER.

SI CE PASSÉ NE PEUT PAS TE RENDRE HEUREUSE...
QU'IL DISPARAISSE.
JE VOUDRAIS L'AIDER...
PAR TOUS LES MOYENS ...
L'AIDER.
CHIKA... !

EMBRASSE-MOI...
ICI, MAINTENANT !
SAKURA... ?
HEU, C'EST...
POUR UNE FOIS QUE TU ES LÀ...
HEU...
JE...
NE SUIS PAS AUSSI MÛRE QU'ELLE...
ON NE PEUT PAS EFFACER LE PASSÉ...
ENFIN JE CROIS, MAIS...

ON PEUT SE FAIRE PLEIN DE NOUVEAUX SOUVENIRS !
DES SOUVENIRS ENTRE CHIKA...
ET MOI.
C'EST VRAI...

J'AIME CE CÔTÉ, CHEZ TOI.
JE T'AIME.
JE T'A-DORE.
J'AIME CHIKA.
SHHH...

HA… IL NEIGE.
OUI.
CELA VA TENIR ?
ON VA SE FAIRE…
PLEIN DE SOUVENIRS.
SI CES SOUVENIRS…
S'ENTASSAIENT COMME LA NEIGE…
PEUT-ÊTRE QUE LE PASSÉ…
POURRAIT DISPARAÎTRE…

SENSEI, JE SUIS DÉSOLÉ...
SURTOUT QUE VOUS ÊTES UNE CLIENTE...
MAIS EST-CE QUE VOUS POURRIEZ NE PLUS APPROCHER CHIKA... ?
HO, ET POURQUOI ?
IL VEUT JUSTE OUBLIER.
DE PLUS, IL EST MINEUR ET JE DOIS...
ET JE REGRETTE DE N'AVOIR RIEN DIT...
HA HA HA
C'EST VRAI QUE VOUS ÊTES SON TUTEUR...
DIFFICILE, HEIN !?
MAIS LE FAIT QU'IL VEUILLE OUBLIER...
PROUVE BIEN QU'IL PENSE ENCORE À MOI, NON ?
......
CE N'EST TOUJOURS PAS BON, HEIN...

JE SUIS LA SEULE À POUVOIR LE SECOURIR.
S'EN RENDRA COMPTE BIENTÔT.
CHIKA AUSSI...

13th CUP LA FIN DE L'ENFANCE

13 Chika gamin

Mon responsable appelle Chika "gamin". Moi, je trouve que ça lui va très bien !
Mais le moment de mûrir est arrivé. Il va devoir se rendre compte qu'on n'efface pas le passé, mais au contraire on doit le regarder en face.
En réalité, j'ai plus ou moins le même genre d'expérience, et je pense que c'est pareil pour beaucoup de monde.

JE SUIS DÉSOLÉE... JE SUIS CENSÉE ÊTRE TA PROF, MAIS...
JE SUIS TOMBÉE AMOUREUSE...
MAIS MÊME EN DISANT CELA...
ELLE S'EST MARIÉE AVEC UN AUTRE.
JE N'ÉTAIS PAS LE PREMIER.
JE N'ESPÉRAIS PLUS CELA.
JE ME SUIS FAIT DES AMIS...
ET ÉTAIS PLUS OU MOINS HEUREUX AVEC LES GENS DU COIN.
MALGRÉ TOUT, SEUL...
ET LÀ...
SAKURA EST ARRIVÉE.
JE T'ADORE, CHIKA !

MA CHÈRE SAKURA.
PERSONNE NE PEUT DIRE À QUEL POINT ELLE M'A AIDÉ.
MALGRÉ CELA...
JE SUIS VENUE PRENDRE CE QUE J'AI OUBLIÉ.
COMMENT EST-CE QUE...
ELLE N'A POURTANT RIEN OUBLIÉ, IL ME SEMBLE.
MON PASSÉ INEFFAÇABLE LA BLESSE.
QUE FAIRE...
JE POURRAIS RENDRE SAKURA HEUREUSE ?

NAOKI !
TU VAS AU CAFÉ, HEIN ?
ON Y VA ENSEMBLE ?
HA, ET CHIKA ?
IL Y EST DÉJÀ.
HEU... MERCI, AU FAIT.
IL M'A DIT QUE TU LUI AVAIS PRÊTÉ TON UNI-FORME...
HA, CE N'EST RIEN.
SI C'EST POUR TOI, JE VEUX BIEN FAIRE N'IMPORTE QUOI.

HEU...
NE ME DEMANDE PAS DE T'OUBLIER.
DE TOUTE FAÇON JE NE PEUX PAS.
MAIS...
JE T'AIME !
MAIS...
QUE ÇA TE PLAISE OU NON...
JE T'AIME.
JE T'AIME.
JE T'AIME !

DÉSOLÉ, JE SAIS QUE TU N'ES PAS À L'AISE.
MAIS JE NE DEMANDE RIEN...
ALORS LAISSE-MOI JUSTE T'AIMER.
ÇA ME CONVIENT TRÈS BIEN COMME CELA.
HUM ?
BIEN SÛR, SI TU VEUX LE LARGUER, NE TE GÊNE PAS !
LE...
AUCUNE CHANCE !!
HA HA HA
MAIS CHIKA ET CETTE PROF...
PAS DE PROBLÈME !!

IL M'A TOUT RACONTÉ.
JE NE ME FAIS PAS DE SOUCI.
JE N'AI PAS À AVOIR PEUR.
ON VA SE FAIRE DES SOUVENIRS À NOUS.
ON VA DEVENIR HEUREUX ENSEMBLE.
ALORS...
TANT MIEUX.
JE CROIS...
EN LUI...
CLAP
HA...
SENSEI...
HO !
SAKURA ET NAOKI

VOUS ÊTES VENUS À DEUX ?
C'EST VRAI QUE VOUS ALLEZ BIEN EN-SEMBLE...
QUE... ?
OU EST-CE QUE VOUS ÊTES VRAIMENT ... ?
FU FU
NE...
SAKURA N'EST PAS COMME ÇA...
À LA DIFFÉRENCE DE VOUS.
HUM
HO, ON SE REBIFFE ?
J'AI VAGUEMENT L'IMPRESSION QUE TOUT LE MONDE ME DÉTESTE.
DIFFICILE...
...!
ALORS POURQUOI EST-CE QUE VOUS VENEZ ?
VOUS DÉRANGEZ CHIKA !
VOUS VOUS EN ÊTES RENDUE COMPTE, NON ?

NE L'APPROCHEZ PLUS !
C'EST VRAI QU'IL NE M'AIME PLUS...
MAIS...
TU ES NAÏVE.
HEIN...
TU NE LE PENSES PAS ?
S'IL SE MET TELLEMENT EN COLÈRE...
C'EST QUE JE SUIS ENCORE TRÈS PRÉSENTE DANS SA TÊTE...
...
POURQUOI DITES-VOUS CELA ?
GHH...
C'EST VOUS, QUI L'AVEZ LAISSÉ TOMBER...

FU FU
SI J'AVAIS CHOISI UN COLLÉGIEN...
MA VIE AURAIT ÉTÉ RUINÉE !
ET CELLE DE CHIKA, ALORS !?
GNN
HA, J'EN AI MARRE.
JE RENTRE.
HA, J'AI UN MESSAGE POUR LUI.
S'IL SE SOUVIENT DE CE QUE JE VEUX...
QU'IL ME REJOIGNE DANS SON ANCIENNE CLASSE.
JE L'ATTENDRAI TOUS LES SOIRS...
LÀ OÙ SONT NOS SOUVENIRS...

JE NE SUIS PAS TA PROF...
ET PUIS TU PEUX M'APPELER "SHÔKO".
NON...
TOUT ALLAIT SI BIEN...
POURQUOI EST-CE QU'IL A FALLU QU'ELLE VIENNE... ?
JE NE VEUX PAS !
Kiii
SAKURA !
TU AS VU MA PROF.
ELLE T'A ENCORE DIT DES CHOSES DÉSAGRÉA-BLES ?
BAH, CE N'EST PAS GRAVE.
HEU...
HOOO !!!
ARIYOSHI SAKURA !!

QUI C'EST, CETTE FEMME !?
CELLE QUI COLLE CHIKA...
HIII
RESSAISIS-TOI, UN PEU !!
HEU... JE...
DOM
ARRÊTEZ !
CE N'EST PAS SA FAUTE !
CHIKA...
CETTE HISTOIRE...
NE REGARDE PAS SAKURA.
GLOUP
ズキ
"NE RE-GARDE PAS..."

ÇA NE ME...
REGARDE PAS... ?
GHHH
JE... JE SUIS TA COPINE, NON !?
SAKURA, CE...
JE SAIS, TU M'EN AS PARLÉ...
MAIS...
FINALEMENT...
ILS ONT LEUR MONDE À EUX.
ELLE EST TOUJOURS IMPORTANTE POUR LUI.

Les anciens amours.

Pour ce qui est de la petite histoire à la fin du volume, j'avais fait une enquête sur internet pour savoir si les lecteurs avaient des requêtes, et certains m'ont répondu qu'ils voulaient connaître la jeunesse du master. (Par contre, je ne sais pas si cela correspond à ce qu'ils imaginaient..)

Chika et Sakura vivent leur histoire. Comme vous pouvez le constater, Naoki.. a des amours difficiles à raconter. En un mot, le master est encore à côté de la réalité (il préfère sans doute cela plutot que de risquer de perdre de l'argent), et le pâtissier est toujours seul. Lui, c'est surtout parce qu'il est lourd, mais j'adore ce genre de garçons super mignons et en meme temps insupportables !

SAKURA...
EXCUSE...
JE VAIS ME CHANGER.
SAKU...
バタバタ
DAM DAM
...
POURQUOI... ?
JE VOULAIS JUSTE...
NE PAS LUI CAUSER DE SOUCI.
JE VOULAIS QU'ELLE CONTINUE DE SOURIRE...
ET POURTANT...

"TU N'AS TOUJOURS PAS GUÉRI TES BLESSURES"
EST-CE QUE...
JE NE PEUX PAS LA RENDRE HEUREUSE ?
office
TU VAS MIEUX ?
OUI...
QUE FAIRE... ?
ET S'IL M'EN VOULAIT !?
PFU
QU'EST-CE QUE ÇA PEUT FAIRE !?

IL NE COMPREND RIEN SI ON NE LUI DIT PAS CLAIRE...
BOM
DIS, SAKURA...
SI TU PRENAIS DES CONGÉS ?
CE NE SERAIT PAS MIEUX ?
JUSQU'À CE QUE CE SOIT RÉGLÉ...
NAOKI...
C'EST SÛR QUE JE N'AIME PAS LA VOIR, MAIS...
CE SERAIT PIRE SI JE NE VENAIS PAS.
HUM
HORS DE QUESTION !
HUM
MAIS, SAKURA...

ÇA VA ALLER...
ET PUIS...
JE VEUX ÊTRE LÀ POUR QUE CHIKA...
NE SOIT PAS SEUL S'IL SOUFFRE.
JE NE PEUX PAS GRAND CHOSE...
MAIS JE L'AIME.
JE NE VEUX PAS ÊTRE LA SEULE À M'ENFUIR.

N'EST-CE PAS ?
ET PUIS JE VEUX ÊTRE AVEC LUI !
BON.
BON COURAGE, ALORS.
OUI
MAIS MERCI DE T'ÊTRE INQUIÉTÉ !
DE RIEN.
J'Y VAIS.

.....
CLAP
QU...
TAIS-TOI ET VIENS !
Hiii
JE T'INTERDIS DE CAUSER DU SOUCI...
À UNE FILLE AUSSI GENTILLE !
PFU
JE PENSAIS L'ATTAQUER PENDANT SES CONGÉS...
FU
MENTEUR, TU NE L'AURAIS PAS FAIT.
TU NE VOUDRAIS PAS L'EMBÊTER.
.....
BINGO
MAIS JE COMPRENDS...
QUE TU NE PUISSES PAS L'OUBLIER.

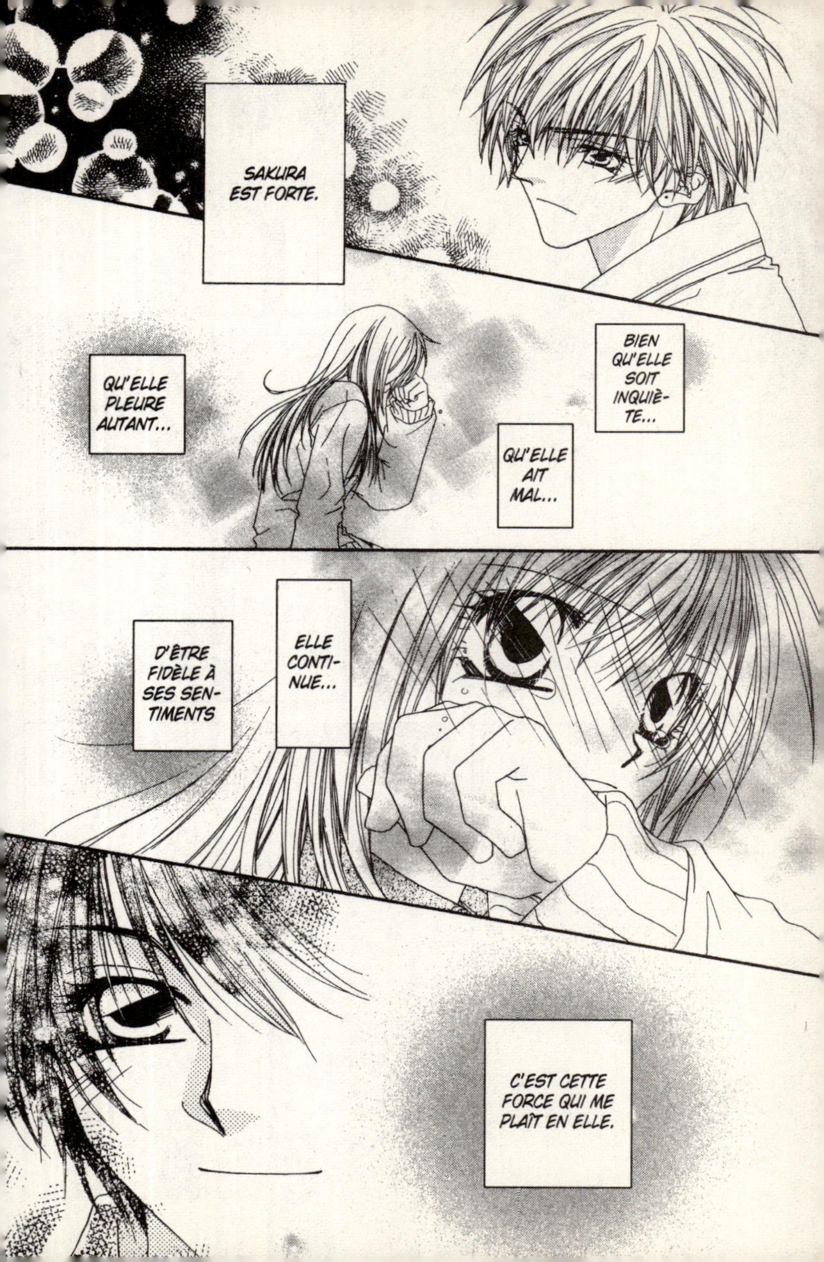
SAKURA EST FORTE.
BIEN QU'ELLE SOIT INQUIÈ-TE...
QU'ELLE AIT MAL...
QU'ELLE PLEURE AUTANT...
ELLE CONTI-NUE...
D'ÊTRE FIDÈLE À SES SEN-TIMENTS
C'EST CETTE FORCE QUI ME PLAÎT EN ELLE.

NE FAIS PAS CELUI QUI EST SÛR DE LUI.
JE N'HÉSITERAI PAS À TE LA PRENDRE !
JAMAIS JE NE TE LA LAISSERAI !
JAMAIS, ET À PERSONNE !
SAKURA...
COMMENT FAIRE POUR QUE TU SOIS HEUREUSE ?

TAP TAP TAP
HÉ ? SAKURA ?
SANS TRAVAILLER
ELLE FAIT JE NE SAIS QUOI SUR LA TERRASSE...
SI VOUS DEVEZ PARLER, VAS-Y.
ET ENFILE CELA.
HUM
DÉPÊCHE-TOI !
THANK YOU !
SAKURA ...
HA !
CHIKA !
TAAAM !!
CADEAU !!
UN ANGE DE NEIGE !
GHH

あはは
HA HA HA
ON NE DIRAIT VRAIMENT PAS UN ANGE !!
PLUS UN VIEUX PAYSAN !
HA... TU SOURIS ENFIN...
EXCUSE, POUR TOUT À L'HEURE.
JE SAIS QUE C'EST TOI LE PLUS EMBÊTÉ...
ALORS JE VOULAIS TE FAIRE RIRE POUR ME FAIRE PARDONNER.
HA, MAIS JE SUIS SINCÈRE, HEIN !

POURQUOI...
EST-CE QU'ELLE EST AUSSI ADORABLE ?
CHIKA... ?
MERCI, SAKURA...
JE T'ADORE !
JE VEUX DEVENIR PLUS FORT.

PEUT-ÊTRE QUE JE NE SUIS...
PAS ASSEZ FORT POUR LA PROTÉ-GER...
MAIS J'AI LA VOLONTÉ.
JE VEUX DEVENIR PLUS FORT.

POUR QU'ELLE PUISSE TOUJOURS RIRE...
QU'ELLE NE SOIT PAS INQUIÈTE...
POUR SAKURA...

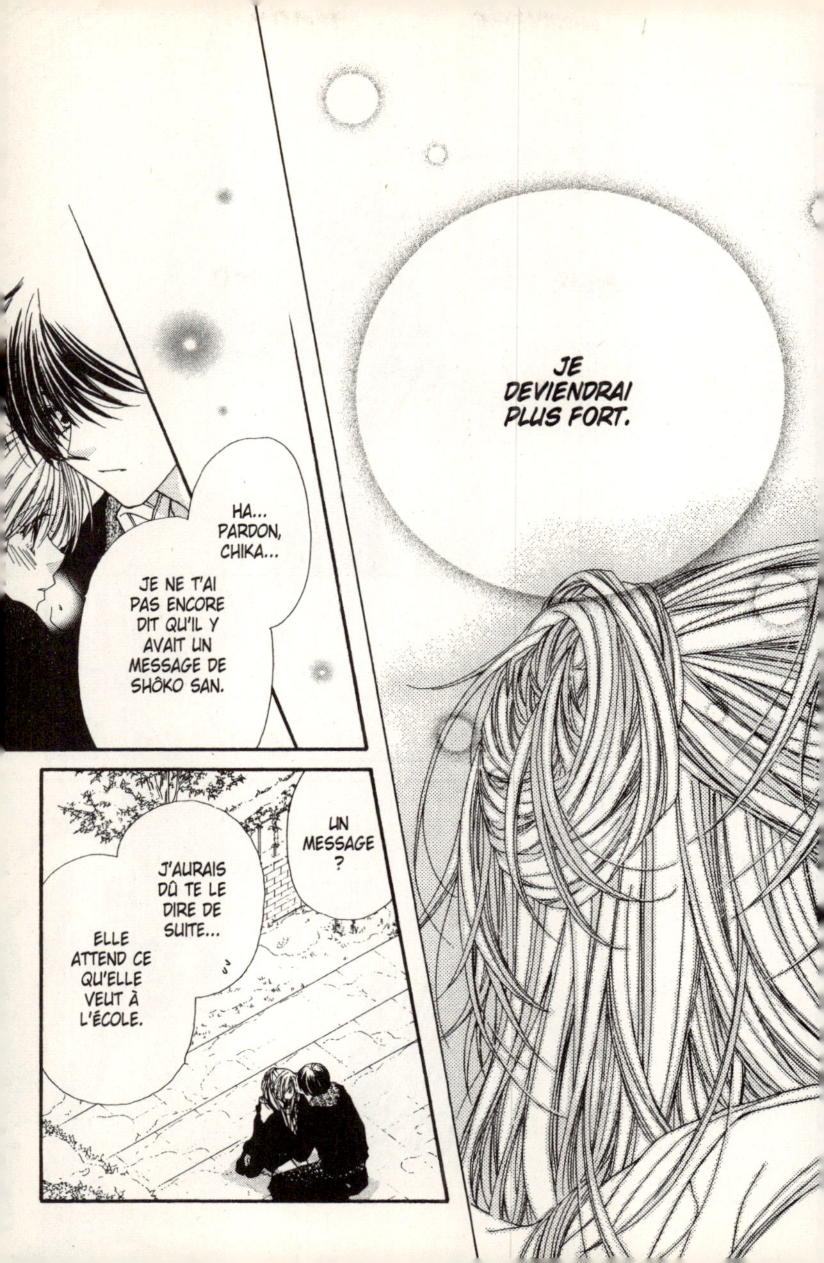
JE DEVIENDRAI PLUS FORT.
HA... PARDON, CHIKA...
JE NE T'AI PAS ENCORE DIT QU'IL Y AVAIT UN MESSAGE DE SHÔKO SAN.
UN MESSAGE ?
J'AURAIS DÛ TE LE DIRE DE SUITE...
ELLE ATTEND CE QU'ELLE VEUT À L'ÉCOLE.

L'ÉCOLE... ?
HA...
VOILÀ, "L'OUBLI"...
TU T'ES RAPPELÉ DE CE QUE C'EST ?
OUI, JE PENSE.
BON...
TU VAS Y ALLER ?
DEPUIS LE DÉBUT...
JE LUI EN VOULAIS...
ET AI FUI AVEC CETTE BLESSURE...
MAIS...
SI JE N'Y VAIS PAS, ÇA NE FINIRA PAS.
SAKURA M'A APPRIS À NE PLUS M'ENFUIR.

VIENS AVEC MOI, SAKURA.
...!
SAKURA EST AVEC MOI.
D'ACCORD !
PLUS BESOIN DE FUIR.

HOO !
REVENEZ BOSSER !!
PARDON !
ATTENDEZ QU'ILS FINISSENT !
TOI, TAIS-TOI !
SI C'EST POUR ELLE...
JE DEVIENDRAI FORT AU PLUS HAUT POINT !

14th CUP

FIN DE L'HIVER, DÉBUT DU PRINTEMPS

Échelle de force

FORT
HARUKA
SENSEI
MASTER
SAKURA
NAOKI
CHIKA ⇧ IL PROGRESSE
FAIBLE
SHINTA ← PROGRESSE PAS

14 Au revoir, sensei

La fin du problème avec elle. Elle est détestée de tout le monde, mais moi je l'aimais bien, c'est amusant à dessiner. Elle est en réalité quelqu'un de bien, enfin, pas trop mal. En tout cas elle est très forte, un peu comme le pâtissier. Et oui, c'est lui le plus fort du café ! Encore un peu, et un autre personnage apparaîtra : le plus faible !

SHÔKO SAN EST VENUE CHERCHER SON OUBLI...
"J'ATTENDRAI...
LÀ OÙ SONT NOS SOUVENIRS"
J'AI ENVIE DE SAVOIR... MAIS JE DEVRAIS PEUT-ÊTRE ÉVITER.
SON "OUBLI"...
QU'EST-CE QUE C'EST ?
VOILÀ MA CLASSE...
CELA FAISAIT LONGTEMPS.
KIII
JE NE PENSAIS PAS REVENIR UN JOUR.
MAIS IL N'Y AVAIT PAS D'AUTRE ENDROIT...
SENSEI...

HÉ OUI !
TU ES ENFIN VENU, CHIKA.
MAIS CE N'EST PAS UN ENDROIT OÙ AMENER TA COPINE...
J'ATTENDAIS CHIKA, SAKURA...
ALORS TU NE VOUDRAIS PAS SORTIR ?
JE...
C'EST PAR GENTILLESSE...
PARCE QUE C'EST ICI QUE NOUS NOUS SOMMES AIMÉS.

★★★

Bye bye talk

Désolée de passer par ici, mais je vais en profiter pour faire mes remerciements, vu que c'est la fin. Merci à tous les lecteurs d'avoir été fidèles, vous êtes ma motivation.

merci aux responsables, éditeurs, et tous les assistants d'être toujours derrière moi malgré les soucis que je pose...

merci enfin à tous mes amis et à ma famille, qui sont vraiment très précieux pour moi.

Playboy café finit au prochain volume, merci encore à tous !

Good bye-bye.

2006.7.14 綺

FÉLICITATIONS POUR VOTRE MARIAGE.
C'EST BIEN CELA, NON ?
JE N'AVAIS JAMAIS RÉUSSI À VOUS LE DIRE.
JE NE VOULAIS MÊME PAS... VOTRE BONHEUR.
CHIKA... ?

MAINTENANT JE PEUX.
NE VOUS INQUIÉTEZ PLUS POUR MOI...
MAINTENANT J'AI SAKURA.
NOUS ALLONS DEVENIR HEUREUX ENSEMBLE.
VRAIMENT... ?

ALORS TANT MIEUX !
"SON OUBLI" ...
C'ÉTAIT DE LUI SOUHAITER SES VŒUX ?
J'AVAIS PEUR QU'IL SOIT TOUJOURS ACCROCHÉ À MOI...
MAIS APPAREMMENT TOUT VA BIEN.

JE PEUX QUITTER LE JAPON SANS INQUIÉTUDE, ALORS.
HEIN ? QUITTER LE JAPON ?
J'AI OUBLIÉ DE VOUS LE DIRE ?
HUUM
J'AI DÉMÉNAGÉ EN ANGLETERRE AVEC MON MARI...
EN SEPTEMBRE DERNIER.
HEIN... !?
HA HA HA HA
IL A ÉTÉ PROMU !!
HEUREUSEMENT QUE JE CONNAISSAIS L'ANGLAIS !
PROF D'ANGLAIS
DEPUIS L'AN DERNIER... ?
ELLE EST REVENUE JUSTE POUR CHIKA ?
JE NE DOIS PAS TARDER À RENTRER.
ET PUIS J'EN AI MARRE DE DORMIR À L'INFIRMERIE...
VOUS DORMIEZ ICI !?
ALORS...
ON NE SE REVERRA PLUS, MAIS...

SMAC
PORTE-TOI BIEN, CHIKA.
QUE.... !!!
C'EST BON, CE N'EST QUE LA JOUE...
POUR TOI, C'EST CELA.
MMMM
GHH GHH GHH
ARRÊTEZ CELA !!
DÉMONE, DIABLESSE !!
TROP DRÔLE !!
SI TU VEUX !!
HA
HA
HA

ON RENTRE, SAKURA !
HA HA HA
OUI, C'EST L'HEURE POUR LES ENFANTS DE RENTRER !
CHIKA...
......!
SOIS HEUREUX.
HA...
OUI.
VOUS AUSSI.

DIS, CHIKA...
SHÔKO SAN, ELLE...
ELLE AIME...
EN RÉALITÉ...
ELLE N'EST PAS AUSSI MÉCHANTE QU'ELLE PARAÎT.
HAA...
ENFIN FINI.
J'AI EU DU MAL, VU À QUEL POINT IL M'EN VOULAIT.

BAH...
C'ÉTAIT LE SEUL MOYEN.
MAIS SI J'ÉTAIS RESTÉE AVEC LUI...
SA VIE AUSSI AURAIT ÉTÉ RUINÉE.
S'IL M'AIMAIT ENCORE...
JE N'AURAIS JAMAIS EU LE COURAGE DE PARTIR.
HAAA...
J'EN AI MARRE !

JE SERAI...
ENCORE PLUS HEUREUSE QUE SAKURA !!
ELLE ÉTAIT PARFOIS CYNIQUE...
TEST
SENSEI TOUT EST EN ANGLAIS !
あっぱっはまじめー
HA HA HA
ELLE ÉTAIT VRAIMENT BIEN.
TOUS LES ÉLÈVES L'AIMAIENT.
MAIS ELLE PENSAIT TOUJOURS À NOUS.

J'ÉTAIS UN PEU DÉÇU ALORS...
J'AVAIS OUBLIÉ CELA.
IL EST ENCORE PLUS...
MIGNON QUE D'HABITUDE...
AVEC CE SOURIRE...
JE SUIS VRAIMENT CONTENTE.
CHIKA !
MAINTENANT, C'EST À MOI DE TE RENDRE HEUREUX !

ENCORE PLUS QUE TA PROF.
FU
ARRÊTE...
C'EST À MOI DE DIRE CELA.

JE VAIS DEVENIR PLUS FORT...
ET TE RENDRE HEUREUSE.
PLUS JAMAIS JE TE RENDRAI TRISTE.
BOUM
JE LE JURE...
ALORS...

RESTE AVEC MOI...
POUR TOUJOURS !
HA HA !
QUOI ?
RIEN, JUSTE QU'ON DIRAIT UNE DEMANDE EN MARIAGE !
JE SUIS GÊNÉE

DOM
HÉ !? CHIKA ?
TU ME TOURNES LE DOS ?
GHHH
QUOI, ENFIN ?
C'EST PARCE QUE TU DIS ÇA...
CE...
N'IMPORTE QUI SERAIT GÊNÉ, NON !?
BOUM
HAA !
TU ES TROP MIGNON, CHIKA !!
ÇA VA...
MAIS CE N'ÉTAIT PAS UNE PROPOSITION, HEIN !
HEIN ?

JE VEUX TE LE DEMANDER LE JOUR OÙ...
JE SERAI UN ADULTE DIGNE DE TOI.
ET PUIS C'EST UN RÊVE POUR MOI
CHIKA...
JE SUIS TELLEMENT HEUREUSE !!
D'ACCORD !
J'ATTENDRAI !

J'AI VRAIMENT HÂTE !
ON RENTRE ?
JE T'EMMÈNE.
HA
JE VAIS PRENDRE MON SAC, AU CAFÉ.
JE T'EM-MÈNE !
SHH...
JUSQU'À MON LIT.
...!!
ALORS...
DONC...
SHHHH
!!
TU AS COMPRIS ?
PETITE VICIEUSE !
HUM
...!!
MAIS C'EST TOI QUI... !!
HA HA HA
ÇA T'APPRENDRA À TOUJOURS DIRE QUE JE SUIS MIGNON !

C'EST TOI LA PLUS MIGNONNE.
J'AI HÂTE...
DU JOUR OÙ IL SE DÉCIDERA.
J'ATTEN-DRAI TOUT CE QU'IL FAUT, MAIS...
...
HA...
HUM ...
GNNN
JE L'AIME TELLEMENT !
JE L'ADORE...
ET SÛREMENT POUR TOUJOURS !
HUM...
HAAA...

... !!
JE T'AIME, SAKURA !
JE N'AIMERAI JAMAIS PERSONNE D'AUTRE.
ALORS UN JOUR...
FAIS DE MOI TA FEMME.
AINSI...
LE NEIGE A COMMENCÉ À FONDRE...

ET LE PRINTEMPS EST ARRIVÉ.
À VOIX HAUTE
HA, J'EN AI MARRE !
J'AI COURS MÊME PENDANT LES VACANCES !!
GRRR
ILS DISENT QUE JE RISQUE DE REDOUBLER...
MOI QUI COMPTAIS RESTER AVEC CHIKA...
GRRR
HUM ?
....
GHHHH
どんより
UN HOMME MORNE...
PENCHÉ AU-DESSUS D'UN PONT...
QUE FAIRE ...?

GHHH...
UN SUICIDE... !?
ATTENDEZ !! NE FAITES PAS CELA !!
BOM
JE NE SAIS PAS CE QU'IL Y A EU...
MAIS TOUT VA S'ARRANGER !!
HEU... HEU...
JE SUIS LÀ, MOI !!
CE N'EST PAS BIEN, LE SUICI...
QUI EST-CE...
QUI PARLE DE SUICIDE ?
HI...?

SOUS LE PONT...
HEIN ?
FLIP
UN PAPILLON !
JE ME SUIS TROMPÉE !?
EXCUSEZ-MOI !
J'AI CRU QUE VOUS...
BAH
—...
HO !
IL EST BEAU !
VOUS REGARDIEZ CE PAPILLON !?
HA HA, SI J'AVAIS SU !
IL... IL ME FIXE DEPUIS LE DÉBUT !!
PARDON, JE...
PAS DE QUOI.
HEIN..?
TU T'INQUIÉTAIS POUR MOI...

CELA ME TOUCHE.
MERCI BEAUCOUP.
BOUM
WOUAH, IL N'EST PAS LE MÊME QUAND IL SOURIT...
BOUM BOUM
HA, JE FAIS PEUR ?
EXCUSE, MES YEUX SONT UN PEU...
HA
HEIN ? HEU... PAS DU TOUT...

ENCORE PARDON !
AU REVOIR !
だだだっ
WOUAAH, QUELLE SURPRISE !
IL EST SI BEAU QUAND IL SOURIT...
IL SEMBLE BEAUCOUP PLUS DOUX.
J'AI TELLEMENT ÉTÉ SURPRISE QUE MON CŒUR BAT PLUS FORT...
CES PALPITATIONS...
JE N'IMAGINAIS PAS ENCORE QU'ELLES...
ALLAIENT BLESSER CHIKA.
PLAYBOY CAFÉ, VOL.3 *FIN*

Playboy
Sweet X Bitter = Love
café

Playboy
Sweet X Bitter = Love
café

Playboy café
Sweet X Bitter = Love
EX CUP
DÉBUT D'UNE CARRIÈRE

PIM
CHIKA 正正正正下
AZUMA 正正下
HARUKA 正正下
SHINTA 正正正丁
NAOKI 正下
DIS, CHIKA...
C'EST QUOI, ÇA ?
C'ÉTAIT PAR TERRE
HA
!!
BAH
RIEN DU TOUT !!
NE T'EN FAIS PAS !!
HEIN ?
POURQUOI EST-CE QUE VOUS LAISSEZ ÇA PAR TERRE ?
EXCUSE... ENCORE QUE CE N'EST PAS GRAVE...

BIEN SÛR QUE SI.
HORS DE QUESTION QU'ELLE LE SACHE.
LE CAFÉ EN JOURNÉE...
LE MOMENT OÙ SAKURA N'EST PAS LÀ ET QU'IL N'Y A QUE DES GARÇONS.
きゃあ
BLA
BLA
きゃあ
HA HA HA
CHIKA...
FINALEMENT, SAKURA NE LE SAIT TOUJOURS PAS ?
NON, ALORS NE LA RAMÈNE PAS !!
HUM, ÇA ME TENTE... !
JE TE DÉTRUIRAI !!
CE N'EST PAS BIEN DE FAIRE CELA...
ON DEVRAIT ARRÊTER...
C'EST JUSTE QUE ÇA NE TE PLAÎT PAS, HEIN SHINTA !?

BAH, C'EST SÛR QU'ON N'A PAS À EN ÊTRE FIERS...
COMPTER LE NOMBRE DE CLIENTES QUI NOUS VISENT...
CHIKA
AZUMA
ARUKA
SHINTA
NAOKI
C'EST LEUR PLAISIR DE LA JOURNÉE !
ALORS, ON ARRÊTE ?
TU RIGOLES !?
PAS QUESTION TANT QUE TU ES EN TÊTE !!
IL SUFFIT DE NE PAS SE FAIRE AVOIR, NON !?
VOUS ÊTES VRAIMENT DES GOSSES
EN PLUS, JE PERDS TOUT LE TEMPS CONTRE AZUMA...
DE PEU
PFU
C'EST SIGNE QUE JE SUIS MIEUX !
MAIS MÊME TOI TU PERDS CONTRE SHINTA !!
GRRR
MOI, JE N'AI RIEN DEMANDÉ...
BRR
BRR
CECI DIT...
HA, OUI...
GNIII

C'EST TOUJOURS LE MÊME, LE DERNIER !!
TOUJOURS DERNIER
HA HA HA
C'EST PARCE QUE J'ARRIVE TOUJOURS TARD !!
MAUVAIS PERDANT
TU CRAINS
MAIS CHIKA EST TOUJOURS EN TÊTE.
HA HA
ÉVIDEMMENT !
JE NE FAIS PAS CELA POUR RIRE !
INDÉTRÔNABLE
ON LUI DIRA TOUT !!
TOI ÇA VA !! EN PLUS TU AS UNE COPINE !!
POURQUOI EST-CE QU'ILS S'ÉNERVENT ?
ALORS ARRÊTONS !
J'AI GAGNÉ !
ÉCRASE !!
CLING CLING
J'EN AI MARRE, MOI
BAH, ET PUIS ÇA NOUS PERMET D'AMÉLIORER NOTRE SERVICE...
MAIS LE SEUL PROBLÈME, C'EST...

QU'ON NE SAIT PAS QUI VISE L'AUTRE FILLE...
HO, EN PARLANT D'ELLE.
GO, AZUMA MASTER !!
BIENVENUE !! ♡
ELLE VIENT SOUVENT, HEIN...
ELLE N'EST POURTANT PAS DU QUARTIER.
C'EST À PEU PRÈS SÛR QU'ELLE VISE QUELQU'UN, MAIS QUI ?
JE SUIS HEUREUX DE VOUS REVOIR.
JE SUIS LE MASTER, AZUMA.
VOUS POUVEZ M'APPELER...
JE PEUX M'ASSOIR ?
スタスタ
TAP TAP

LUI, IL EST HORS CONCOURS.
DÉCOMPOSÉ
ET ENSUITE ? TU ESSAIES, SHINTA ?
MOI !?
NON...
NE T'EN FAIS PAS, ELLE NE TE VISE SÛREMENT PAS !
ELLE VIENT AUSSI SOUVENT LE SOIR.
JUSTE POUR VÉRIFIER
BIENVENUE, VOUS AVEZ CHOI...
CAFÉ NOIR, TARTE AUX POMMES.
ELLE NE T'A MÊME PAS REGARDÉ, CE N'EST PAS POUR TOI.
OUF...
ELLE VIENT LE MIDI ET SOIR, DONC...
C'EST POUR MOI !

DÉSOLÉ DE VOUS AVOIR FAIT ATTENDRE, VOICI VOTRE COMMANDE.
BZZZ...
FU FU FU
HO LE VENT !
IL AVAIT MIS LE PAQUET
HI HI HI
VOUS M'ÉNERVEZ !! RIGOLEZ, SI ÇA VOUS FAIT PLAISIR !!
WOUAAAH HA HA
NE RIEZ PAS !!
J'EN ÉTAIS SÛR, ELLE A FONDU POUR LA PÂTISSERIE ET LE PÂTISSIER !! ♡
VOICI VOTRE TARTE AUX POMMES !
C'EST LE GÂTEAU QUE JE FAIS LE MIEUX.
VOUS VOULEZ QUE JE VOUS AIDE À LE MANGER ?

HÉ ?
ENNUYÉE
S'ÉCARTE
J'AIMERAIS BIEN VOUS VOIR LE MANGER, C'EST...
ALORS...
A... AZUMA... ELLE S'EST RECULÉE ? JE SUIS SI LOURD ?
BIEN SÛR
C'EST POUR ÇA QUE TU TE FAIS TOUJOURS LARGUER...
PFU...
J'EN ÉTAIT SÛR.
FUM
IL M'ÉNERVE !!
HI HI
BIENVENUE !
EXCUSEZ MES EMPLOYÉS...
ILS VEULENT TELLEMENT QUE LES CLIENTES SE SENTENT À L'AISE...
......
HUM...
"CHIKA" ?
OUI ?

TU ES...
J'EN ÉTAIS SÛRE !!
JE ME DOUTAIS BIEN QUE C'ÉTAIT CELA !!
WOUAH !!
SAKURA !?
ELLE A COMPRIT
VOUS AVIEZ TOUS L'AIR BIZARRE...
C'EST NUL !!
CHIKA ! TOI AUSSI !!
PARDON, SAKURA...
SAKURA...
BAH
HEU...

MADAME SAKURA !
JE SUIS SÛRE QU'IL NE VOUS CONVIENT PAS !
はい？
HEIN !?
JE SUIS VENUE VOIR S'IL ÉTAIT ASSEZ BIEN POUR VOUS, MAIS...
IL PASSE SON TEMPS À FRICOTER AVEC LES CLIENTES...
IL VAUDRAIT MIEUX VOUS SÉPARER !!
HEU ...
TU ES... ?
C'EST DU GÂCHIS !
HEU...
CE...
HA...

PLAYBOY CAFÉ, BONUS *FIN*

JE PENSE QUE VOUS AVEZ COMPRIS,
MAIS J'ADORE CETTE HISTOIRE !

JE VOULAIS MONTRER
LE CAFÉ DE D'HABITUDE.

POUR UNE FOIS, ON VOIT SHINTA,
QUI N'APPARAÎT QUASIMENT JAMAIS...

VOUÉ À L'ÉCHEC ?

ENCORE UNE HISTOIRE QUI SEMBLE DIFFICILE...

"VOUÉ À L'ÉCHEC ?"...

J'AURAIS BIEN AIMÉ AVOIR DES PROFS COMME HASHIBA SENSEI, MOI...

PAR CONTRE, CEUX COMME KITÔ, MERCI BIEN...

VOUS AVIEZ REMARQUÉ, QUE C'EST L'ÉCOLE DE SAKURA ?

ENCORE UNE CHOSE TOUT À FAIT INUTILE, MAIS JE ME SUIS FRANCHEMENT BIEN AMUSÉE À DESSINER CELUI QUI SE PREND UN RATEAU PAR KEI !

J'ÉTAIS AMOUREUSE DE MON PROF.
JUSQU'À LA FIN DU LYCÉE...
JE L'AIMAIS.
MAIS UN JOUR, CET AMOUR...
DEVAIT SE TRANSFORMER EN SOUVENIR...
HASHIBA SENSEI...
JE... JE VOUS AIME...
HO... TORIGUCHI...
MOI AUSSI, JE T'ADORE...

SENSEI !! SOYEZ UN PEU PLUS SÉRIEUX !!
ÇA VA !!
JE N'AI PAS LE TEMPS !!
ET PUIS TU N'AS PLUS DE COURS, ALORS ARRÊTE DE VENIR !!
JE VIENS EN SALLE D'ÉTUDE !
JE SUIS VENUE POUR VOUS !
MERCI ! MAIS ÇA M'EMBÊTE !
PFU
SENSEI...
JE VAIS BIENTÔT FINIR LE LYCÉE... ?
ALORS NE GÂCHE PAS CE QU'IL RESTE DE TEMPS AVEC MOI.
SENSEI !!
KEI...
TU LUI COURS TOUJOURS APRÈS ?

VEDETTE
OUI, ET VA SAVOIR POURQUOI...
JE VOUS AIME ENCORE !
OUI OUI MERCI
ON SORT ENSEMBLE ?
EN SALLE DES PROFS ?
HUU...
JE L'AIME RÉELLEMENT !
MAIS IL NE VEUT PAS L'ENTENDRE !
PAS LA PEINE DE T'OBSTINER...
VIENS, ALLONS PLUTÔT RIGOLER AVEC LES GARÇONS DE L'AUTRE CLASSE.
RENCARD !
SANS MOI !
MAIS TU VAS EN FAC DE FILLES, NON !?
C'EST TA DERNIÈRE CHANCE DE TE CASER !!
FICHE-MOI LA PAIX !!
TU REGRETTERAS !
JE NE VEUX PAS DES AUTRES.
JE NE SUIS PAS COMME LES AUTRES FILLES.
MOI JE L'AIME VRAIMENT.

CE JOUR...
CE SOIR D'ÉTÉ, EN SECON-DE...
HU...
WOUAAH !!
HAA, MAIS POURQUOI EST-CE QUE...
HOO...
HOO !!!
GOUI GOUI GOUI
FAIS GAFFE, JE VAIS TOMBER !!
WOUAH
HASHIBA !? QUE... ?
PAS "HASHIBA", "SENSE" !
ET TOI ALORS, IL S'EST PASSÉ QUELQUE CHOSE ?
CLING CLING
AVEC LES AUTRES, ON S'EST DISPUTÉES... OU PLUTÔT ELLES SE SONT FÂCHÉES...
HAA...
FU
COMME MOI, ALORS.
COMME VOUS... ?
AVEC LE RESPONSA-BLE...
DONC... AVEC KITÔ !?
OUI...
めっちゃコワイ。
EFFRAYANT

ET EN PLUS JE LUI AI RÉPONDU...
MAIS BON...
C'EST MOI QUI SUIS EN TORT.
TOI AUSSI...
SI TU REGRETTES, VA T'EXCUSER.
SINON TU NE POURRAS PAS AVANCER.
AVANCER ?
EN ME FAISANT LA MORALE COMME CELA...
TU PEUX AUSSI BIEN FAIRE SEMBLANT DE RIEN...
MAIS ÇA NE TE FERA PAS PROGRESSER.
SENSEI...

ESSAYAIT SÛREMENT DE SE CONVAINCRE LUI-MÊME.
SI ON ARRIVE À DÉPASSER CELA...
ON DÉCOUVRIRA SÛREMENT ENCORE D'AUTRES CHOSES.
AVANCER COÛTE QUE COÛTE...
JE PENSAIS...
QU'IL ÉTAIT JUSTE UN PROF...
DEMAIN, VA T'EXCUSER.
MOI AUSSI, J'IRAI.
MAIS IL EST EN FAIT COMME TOUT LE MONDE.
OUI !
PROMIS !
LE LENDEMAIN...
JE ME SUIS RÉCONCILIÉE, ET LUI S'EST PRIS UNE REMONTRANCE...

SI J'AI PU AVANCER...
C'EST GRÂCE À LUI.
DEPUIS CE JOUR...
IL EST CELUI QUE J'AIME LE PLUS.
HO, TORIGUCHI.
J'AI ENTENDU QUE TU NE VOULAIS PAS VOIR LES AUTRES GARÇONS ?
ET ALORS ?
VAS-Y, AU MOINS POUR TE FAIRE DES SOUVE-NIRS !

IL PARAÎT QU'IL Y EN A UN AMOUREUX DE TOI.
C'EST BEAU, LA JEUNESSE !
PAS DU TOUT !
MOI...
C'EST VOUS, QUE J'AIME !!
......
BON, TORIGUCHI...
ばっ
BAH
IDIOT !!
ばたばた
TAP TAP

POURQUOI EST-CE QU'IL A DIT CELA !?
JE VIENS DE LUI DIRE QUE JE L'AI-MAIS...
ET LUI ME RÉPOND D'ALLER VERS UN AUTRE !?
"BON, TORI-GUCHI ..."
JE NE VEUX PAS SAVOIR...
JE T'AI TOUJOURS TROUVÉE BIEN...
TU NE VOUDRAIS PAS SORTIR AVEC MOI ?
ALORS C'ÉTAIT VRAI ?
CELUI QUI M'AIME
EXCUSE-MOI...
MAIS J'AIME DÉJÀ QUELQU'UN.

ALORS, C'EST VRAI... ?
C'EST VRAIMENT HASHIBA... !?
HÉ... !!
APPAREMMENT TU LE SAIS...
ATTENDS, TORIGUCHI !!
LÂCHE-MOI !!
ÇA VA BIEN, LA TÊTE !?
AMOUREUSE D'UN PROF... !!
TU N'AS AUCUNE CHANCE !!
REGARDE LA VÉRITÉ EN FACE !
ME FAIRE LARGUER POUR ÇA...
...
FICHE-MOI LA PAIX !

BAH
QU'EST-CE QUE TU PEUX...
COMPRENDRE DE MES SENTIMENTS !?
SALLE DES PROFESSEURS
TORIGUCHI ...
C'EST DEMAIN LE DERNIER JOUR...
ALORS QU'EST-CE QUE TU FAIS À TE BATTRE AVEC LES GARÇONS !?
C'EST À PLEU-RER !!
MAIS...
PAS DE "MAIS" !!
KARATE-KA
IL...
IL A DIT QUE J'ÉTAIS BÊTE DE VOUS AIMER...

TORIGUCHI...
MOI...
JE RENTRE... !!
BAH
HO...
TORIGUCHI...
ATTENDS !
À DEMAIN !
TAP TAP
ÉCOUTE-MOI... C'EST BIENTÔT LA FIN...
KEI... !
JE NE VEUX PAS SAVOIR....
RIEN...
JE SAIS TRÈS BIEN QUE TOUT LE MONDE...
ME TROUVE IDIOTE...

ET QU'IL VA...
REFUSER SINCÈREMENT.
NE M'EMPÊCHEZ PAS...
DE CONTINUER À L'AIMER.
TAP
TORIGUCHI...
NON !! JE NE VEUX RIEN ENTENDRE !!

...
JE VEUX REDOUBLER.
QU'EST-CE QUE...
COMME ÇA JE POURRAI RESTER AVEC VOUS !!
JE POURRAI CONTINUER À ÊTRE ICI...
ET VOUS AIMER !
JE NE VEUX PAS PARTIR !
ALORS...

JE POURRAI L'AIMER...
ET CET AMOUR NE FINIRA PAS...
JAMAIS...
SI TU FAIS CELA...
JE N'AURAI PLUS D'ESTIME POUR TOI.
JE TIENS À TOI...
MAIS...
JE VEUX QUE TU PROGRESSES.

JE SUIS PROF...
ALORS JE NE PEUX PAS SORTIR AVEC MON ÉLÈVE.
ON AVAIT FAIT UNE PROMESSE...
D'AVANCER.
TOUT CE QUE JE NE VOULAIS PAS ENTENDRE.
IL EST SI PRÈS DE MOI...
QUE JE POURRAIS LE TOUCHER ...
AVANCE... !
MAIS JE N'AI PAS LE DROIT.

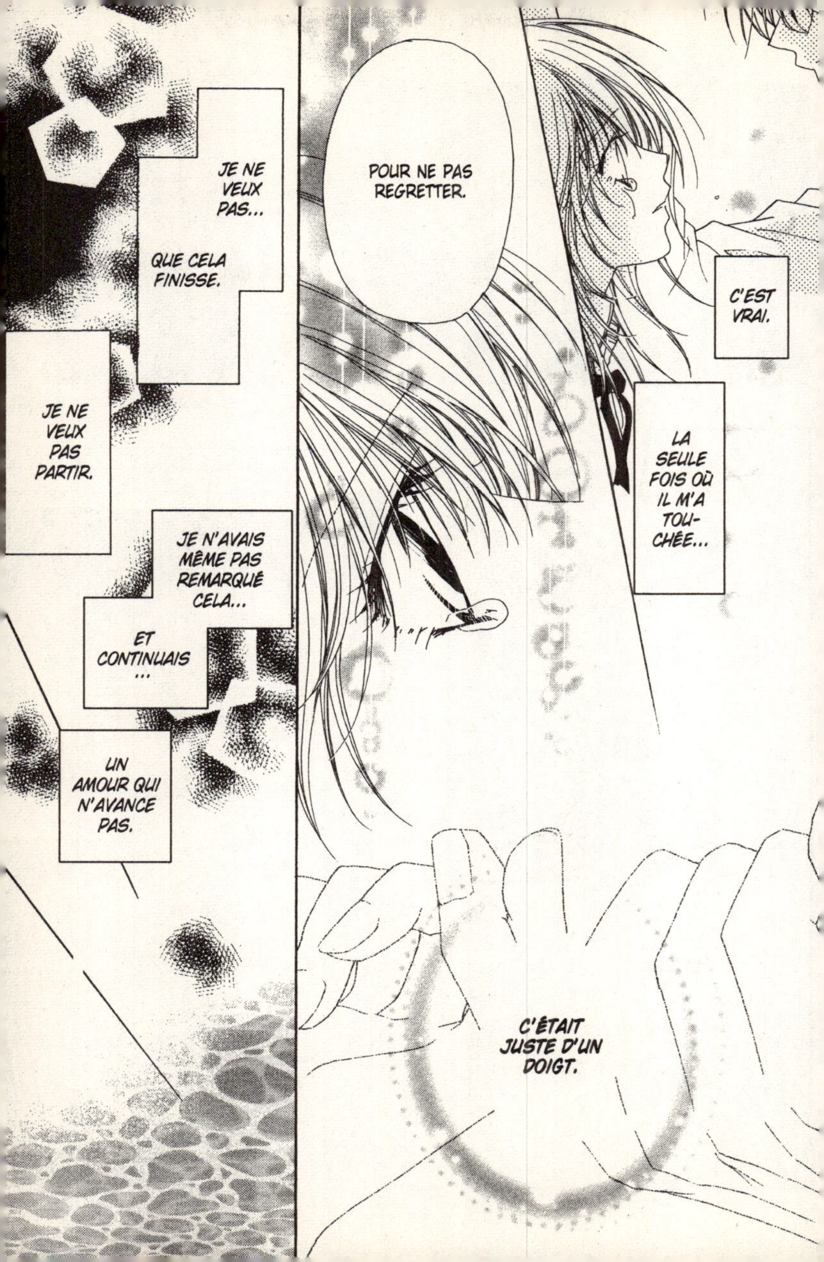

POUR NE PAS REGRETTER.
C'EST VRAI.
LA SEULE FOIS OÙ IL M'A TOUCHÉE...
C'ÉTAIT JUSTE D'UN DOIGT.
JE NE VEUX PAS...
QUE CELA FINISSE.
JE NE VEUX PAS PARTIR.
JE N'AVAIS MÊME PAS REMARQUÉ CELA...
ET CONTINUAIS...
UN AMOUR QUI N'AVANCE PAS.

"SI ON ARRIVE À DÉPASSER CELA...
ON DÉCOUVRIRA SÛREMENT ENCORE D'AUTRES CHOSES."
SALLE DES PROFESSEURS
SENSEI...
ROL ROL ROL
TORIGUCHI...
IL EST DÉJÀ TRÈS TARD !

JE VOUDRAIS JUSTE...
AVANT DE PARTIR...
QUE VOUS...
ME PRENIEZ...
JE N'AI RIEN EN TÊTE...
J'EN FERAI JUSTE UN SOUVENIR !
JE... J'AVANCERAI !
DE MON AMOUR POUR VOUS...
MAIS SANS CELA...
IL NE RESTERAIT RIEN...

C'EST POUR QUE TU AVANCES ...
LA DERNIÈRE CHOSE QUE JE PEUX FAIRE POUR TOI.
D'ACCORD...
SI APRÈS CELA TU M'OUBLIES.
J'ENDURERAI TOUTES LES PUNITIONS POUR CELA.

POUR POUVOIR PROGRES-SER...
NOUS FERONS JUSTE UNE FOIS QUELQUE CHOSE D'INTERDIT.
POUR NE PAS REGRET-TER...
DE L'AVOIR AIMÉ.
POUR NE PAS GÂCHER ...
TOUS CES JOURS À PENSER À LUI.
BIENVENUE ICI !
JE SUIS VOTRE RESPON-SABLE.

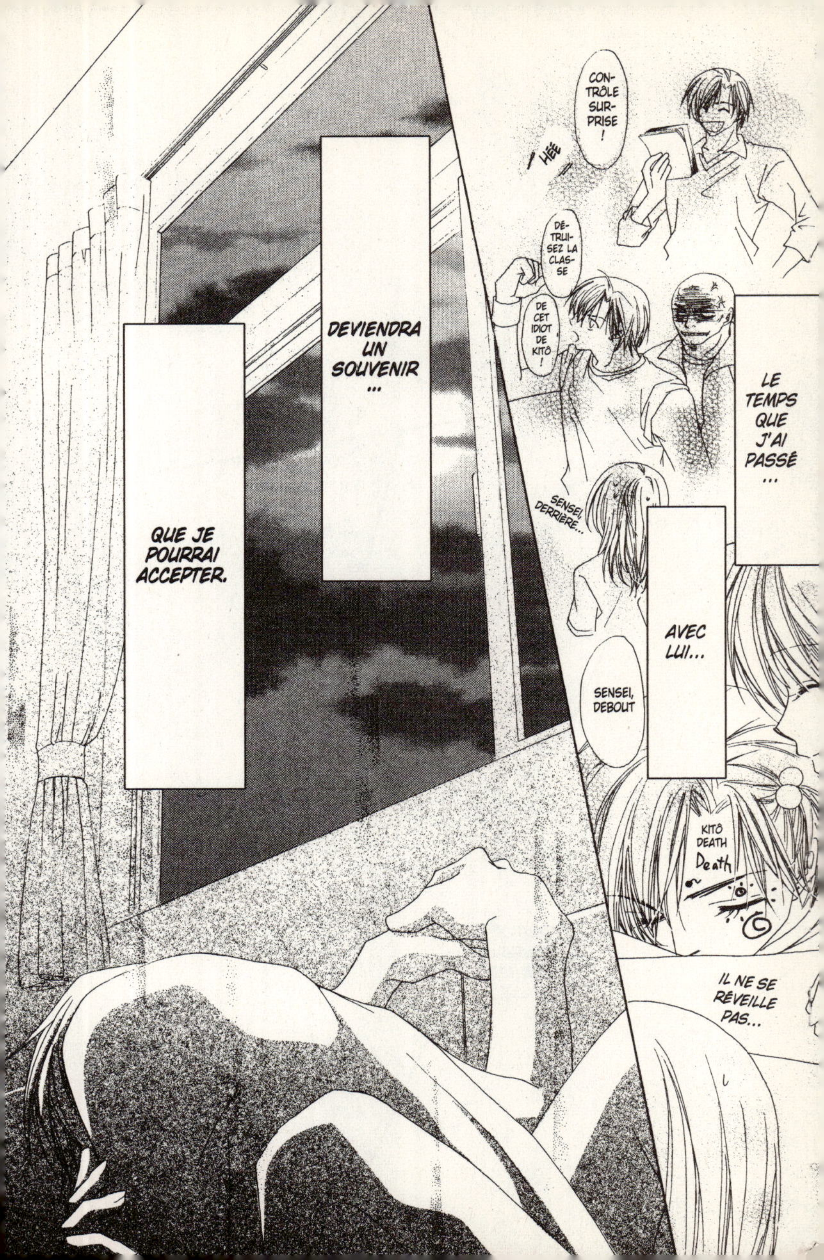
CONTRÔLE SURPRISE !
HÉÉ
DÉTRUISEZ LA CLASSE
DE CET IDIOT DE KITÔ !
LE TEMPS QUE J'AI PASSÉ...
SENSEI, DERRIÈRE...
AVEC LUI...
SENSEI, DEBOUT
KITÔ DEATH
Death
IL NE SE RÉVEILLE PAS...
DEVIENDRA UN SOUVENIR...
QUE JE POURRAI ACCEPTER.

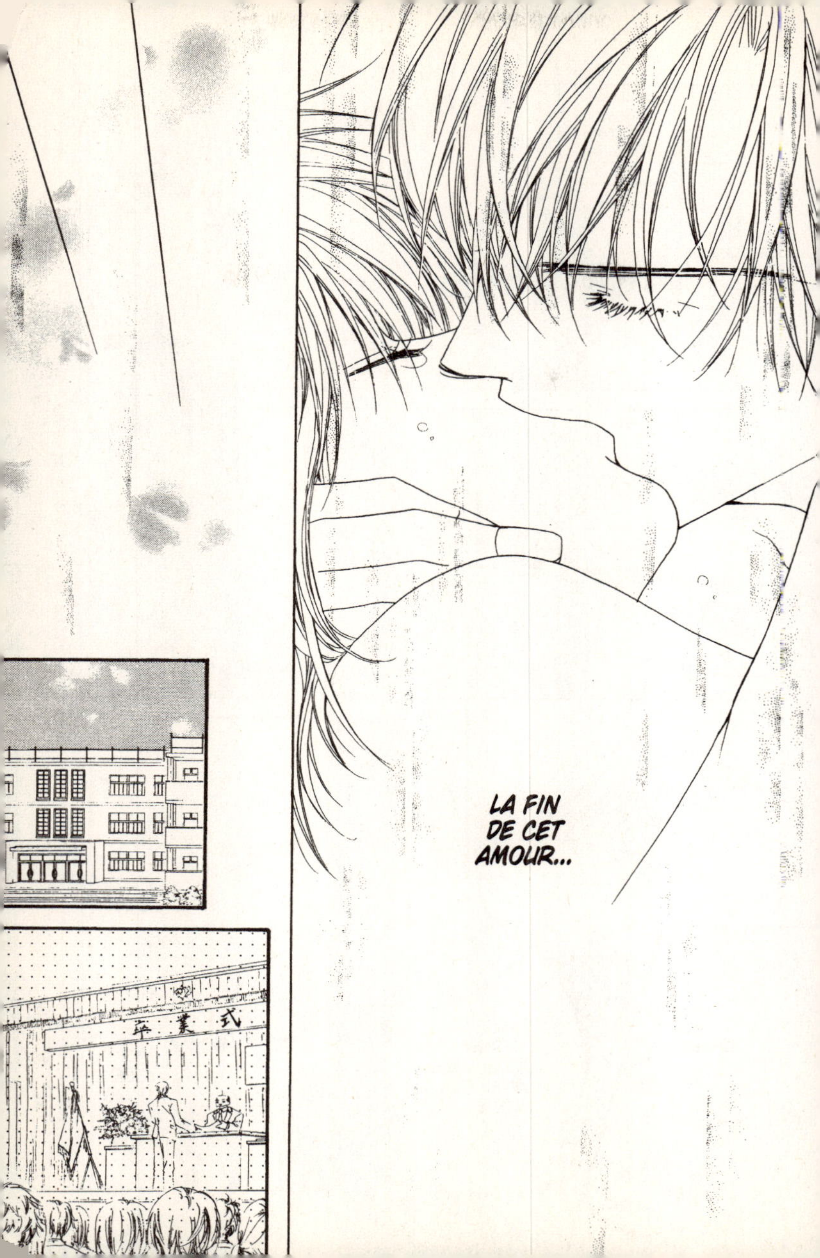
LA FIN
DE CET
AMOUR...
卒業式

SENSEI...
"JE NE T'ACCOMPAGNERAI PAS...
À LA CÉRÉMONIE DE DEMAIN."
"CONTINUE À AVANCER...
ET ALORS...
TU OUBLIERAS TON PROF."
OUI.
JE M'ACCROCHERAI.
JE VOUS LE PROMETS.
BOUUH OUUUH OUUUH
WOUAH ! JE NE VEUX PAS PARTIR !!
KEI, TOI AUSSI TU VAS QUITTER HASHIBA !
VOICI LA CHANSON DES PARTANTS
DEBOUT !
POUR LA DERNIÈRE FOIS AU MOINS, APPELLE-LE SENSEI... !
"SENSEI" ... ?
DIRECTEUR : KITAJIMA HIDEO
RESPONSABLE : HASHIBA ITSUKI

NOUS VOIIIICI
ARRIVÉS
HASHIBA...
ITSUKI.
DIRECTEUR : KITAJIMA HIDEO
RESPONSABLE : HASHIBA ITSUKI
AU TEEEERME
LE NOM ...
DE NOOOTRE
APPRENTISSAGE
DE MON PROF.
"SENSEI"
"HASHIBA SENSEI"
ET NOUS ALLOOONS
CONTIIIIINUER
"SENSEI"
"JE VOUS AIME"
HA...
JE...
NOTRE LOOONG VOYAGE

JUSQU'AU DERNIER MOMENT...
JE N'AI PAS SU COMMENT S'APPELAIT CELUI QUE J'AIME.
C'EST AUJOURD'HUI LE GRAND DÉPAAAART
"ET ALORS...
TU OUBLIERAS TON PROF."
IL AVAIT REMARQUÉ...

QUE J'ÉTAIS AMOUREUSE DE MON "PROF".
HAAAAUT
LES CŒUUUURS
SENSEI...
HASHIBA SENSEI.
AU REVOIR. JE VOUS AIME.
COMME PROMIS...
J'EN FERAI UN SOU-VENIR.
QUAND J'AURAI PASSÉ LA PORTE, CE SERA FINI.

QUAND J'AURAI PASSÉ LA PORTE...
IL NE...
SERA PLUS MON "PROF" !
HASHIBA...
ITSUKI !!

TORIGUCHI KEI...
AIME ITSUKI !!
BLA BLA...
PAS LE PROF...
MÊME SI RIEN NE NOUS LIE...
L'HOMME !!
MÊME SI L'ON NE SE VOIT PLUS...

MERCI !
TU AS ENFIN REMARQUÉ MON NOM ?
HA, ÇA ME FAIT PLAISIR.
ENFIN JE TE L'AURAIS QUAND MÊME DIT, MAIS BON...

POURQUOI...
TU LE SAIS BIEN...
PARCE QUE JE T'AIME !
KEI.
À QUEL POINT CROIS-TU...
QUE J'AI ATTENDU LE JOUR DE NE PLUS ÊTRE TON PROF !?
"SI ON ARRIVE À DÉPASSER CELA..."

ON DÉCOUVRIRA SÛREMENT ENCORE D'AUTRES CHOSES."
J'AI ENCORE PLEIN DE CHOSES À T'APPRENDRE !
GHH KITÔ
GRR GRR GRR
HASHIBA SENSEI !! VOUS ÊTES VRAIMENT... !
ON SE BARRE !!
IL VA SE FÂCHER ENCORE PLUS !
ALORS...
AVANÇONS SÛREMENT...
MAIS CETTE FOIS, À DEUX !
VOUÉ À L'ÉCHEC ? *FIN*

BONUS
HISTOIRES D'AMOUR DE PLAYBOYS
DITES !
C'ÉTAIT À QUEL ÂGE, VOTRE PREMIER COUP DE FOUDRE ?
POURQUOI EST-CE QUE TU DEMANDES CELA !?
BIN...
CHIKA DIT QUE J'AI ÉTÉ TROP RAPIDE...
JE SUIS SÛRE QUE NON !
QUEL ÂGE ?

UN GARÇON DE MA CLASSE...
IL ÉTAIT SUPER MIGNON ET DOUÉ !
EN CP ! ♥
EXACTEMENT LE MÊME QUE CHIKA
BAH, NOR-MAL...
MOI JE SUIS SÛR QUE C'EST TROP RAPIDE !
ON NE PEUT PAS APPELER ÇA DE L'AMOUR !
HEIN !? ALORS À PARTIR DE QUAND... ?
ET DEPUIS, ELLE ENCHAÎNE LES AMOURS MALHEUREUX ET LES RATEAUX
BAH, CHIKA NE PEUT PAS COMPRENDRE !

POUR CHIKA, C'EST UNE CERTAINE PROF DE COLLÈGE... ☆
HA... ÇA, C'EST TARD !
ET PUIS C'EST ASSEZ IMPRESSIONNANT !!
FICHEZ-MOI LA PAIX !!
ET PUIS LE PREMIER AMOUR, C'EST QUAND ON SORT...
ENS...
TOI, ÉCRASE !!
GRRRR
OUPS
ÇA NE T'EST JAMAIS ARRIVÉ, DE TE PRENDRE UN RATEAU !?
ET TOI, NAOKI !?
DÉSOLÉ !
MOI AUSSI, ÇA S'EST MAL FINI !
AVEC UNE FILLE DE MA CLASSE...
EXCUSE, MAIS...
JE N'AIME QUE LES PLUS ÂGÉS
HA... BON...
TOUJOURS PAREIL...

MA PREMIÈRE HISTOIRE...
C'ÉTAIT LA FILLE QUI VOULAIT...
VOUS ÊTES TROP FAIBLES ! ☆
L'AMOUR, C'EST UNE POURSUITE !
REGARDEZ-MOI ! À LA CRÈCHE, JE ME SUIS FAIT REPOUSSER TOUS LES JOURS PAS LA NOURRICE.
SENSEI JE VOUS AIME
JE T'AI DÉJÀ DIT QUE PAS MOI !
MA PREMIÈRE HISTOIRE A ÉTÉ AVEC UNE FILLE DU COIN, EUE À L'USURE...
ALLEZ S'IL TE PLAÎT SORS AVEC MOI !!
T'ES LOURD !! D'ACCORD MAIS SEULEMENT TROIS JOURS !
MON PREMIER BAISER À ÉTÉ VOLÉ ET JE ME SUIS FAIT BAFFÉ, MA PREMIÈRE...
HAA JE ME SUIS ACCROCHÉ !
IL N'Y A PAS DE QUOI EN ÊTRE FIER !!
RÉALISE UN PEU QUE TU ES LOURD !!
ET VOUS, MASTER ?
VERS DIX ANS...
ET PUIS ELLE A CHANGÉ D'ÉCOLE...

ET LA PREMIÈRE HISTOIRE ?
AU LYCÉE, J'AI RETROUVÉ CETTE FILLE EN QUESTION.
おお!!!
HOOO !!
ET APRÈS !? ET APRÈS !?
WOUAH ! C'ÉTAIT LE DESTIN ! ♥
ELLE A MORDU
AZUMA MASTER
THÉATRE DE L'AMOUR ☆
BAH...
ON EST SORTIS ENSEMBLE SIX MOIS...
DEVENUS PLUS OU MOINS PROCHES...
ÇA VEUT DIRE QUE... !
LÀ !
LA PREMIÈRE FOIS !?
HEIN !?
MASTER AU LYCÉE
DIS, AZUMA...
TU M'AIMES ?
HÉ ?
OUI.
MMM
TU ES FROID !
PARLE-MOI PLUS D'AMOUR !
C'EST-À-DIRE ?

BAH, TU ES COMME ÇA...
HUM
JE VAIS FAIRE UN EFFORT.
CLING
VRAIMENT !?
OUAIIS
ALORS... ALORS...
QUI EST-CE QUE TU AIMES LE PLUS AU MONDE ?
ZZHHH
L'ARGENT...
超いい笑顔
MEILLEUR SOURIRE
ET PUIS TERMINÉ.
MAUVAIS TIMING
C'EST NUL !!

HISTOIRES D'AMOUR DE PLAYBOY *FIN*

La rentrée en seconde,
première année de lycée, les sweet sixteen
la rencontre tumultueuse entre
un garçon et une jeune lycéenne exigeante

Rie Takada
akari
HADASHI NO AITSU
> Une série en cours
> 9 tomes à paraître
Tome 1

Elle balaiera tout sur son passage

Un dessert bien viril
ça ne se refuse pas

Secret Sweetheart

Une série en 10 tomes, terminée au Japon

Un véritable succès au Japon !
L'AMOUR A
PLUSIEURS FACETTES.

SOLEIL
MANGA

Écrivez-nous à :
Soleil Manga
25, rue Titon
75011 Paris - France
manga@soleilprod.com

Titre original : KOAKUMA CAFE by Aya ODA

Original Japanese edition published in 2006 by Shogakukan Inc., Tokyo
French translation rights arranged with Shogakukan Inc.
through The Kashima Agency

15, bd de Strasbourg
83000 Toulon - France
Traduction : Julie Gerriet
Lettrage : Studio Charon
Dépôt légal : Février 2008
ISBN : 978-2-30200-075-9
Imprimeur : Ercom Italie